SATIRES

CONTRE

LES ASTRONOMES.

par Mercier

Oh ! rira bien qui rira le dernier.

À PARIS,

Chez **TERRELONGE**, Libraire, rue des Petits-
Augustins, près le Musée national.

AN XI — 1803.

~~~~~~~~~~~~~~~~~~~~~~~~~~~~~~~

SATIRES

CONTRE

LES ASTRONOMES.

SATIRE PREMIÈRE.

Dans les nombreux journaux que je lis le matin,
Bons dieux ! que j'aime à faire aboyer un mâtin !
Cela me divertit ; j'écris, je ris, je pense ;
Le grand courroux d'un sot double ma jouissance.
Je suis un hérétique, incrédule à Newton,
J'adore Shakespeare et Schiller et Milton,
Et je prends mon plaisir pour l'unique mesure
Ou pour les seules loix qui guident ma lecture.
Allons, croisons le fer. Ferme, mes bons amis !
Nous verrons les mourans, les blessés, les occis :
Quand vous tombez sur moi, vipères matinales,
Je vous jette aussi-tôt sous mes vieilles sandales,
Et là vous expirez bavant votre venin.
    J'ouvre un champ de satire un peu vers mon déclin :
Vous l'avez voulu tous (1). Ma franche bonhomie
Ne sollicitait point une muse ennemie.

---

(1) *Nunc est ridendum ;* la santé de l'auteur y est intéressée.

Monté sur mon coursier, mais au cœur de lion,
J'attaquais en tous sens la folle opinion.
A mon gré je pensais et j'écrivais de même;
Despotes! contre moi vous criez anathême!
Vous ne savez donc pas que je hais les tyrans,
Que je sais les punir lorsqu'ils font les tonnans!
Un Pédant m'importune; il trouble ma retraite,
Et de la vérité courageux interprète,
Je veux interroger ce chiffreur orgueilleux
Qui prétend mieux que moi lire aux voûtes des cieux.
Quand sur le double mont tu te fis Barbacole,
O maître timoré de notre pâle Ecole,
Boileau! tu n'as point su frapper ces charlatans,
D'une longue imposture échos obéissans;
Tu vas les reconnaître, ils sont frottés d'algèbre;
L'homme non concevable, eh bien! il est célèbre!
De signes ténébreux, c'est un débordement;
Et le calcul sans fin est leur sceptre insolent.
Ils ont fait du soleil une fournaise ardente,
Dévorant la comète ou la planète errante.
Ils ont déménagé le grand Astre du jour,
L'enfonçant dans les cieux, l'attirant tour-à-tour.
Les globes ont pesé sur un *centre de flamme*,
Et ce centre inconnu de l'Univers est l'âme.
Le soleil est plus froid que vos esprits glacés,
Astronomes! quittez vos rêves insensés;
Vous embrassez le ciel avec des yeux myopes
Où finit le pouvoir de vos longs télescopes?
Votre règne est passé, Géomètres jongleurs,
Et le bon sens se rit des chiffres imposteurs.
Mais vous éternisez de risibles disputes,
Pour calculer au juste en combien de minutes

Du soleil la lumière est transmise à nos yeux ;
Elle nous vient en poste, et le coursier fougueux,
Et le boulet rapide, et l'éclair qui nous tue,
Près d'un vol calculé n'est que pas de tortue.
Le nom de *Copernic*, les noms de *Cassini*
Ont-ils su, dites-moi, maîtriser l'infini ?
Quand pour l'objet réel vous prenez l'apparence,
Comment décidez-vous la grandeur, la distance ?
L'organe de la vue a ses bornes, je crois ;
Avant tous vos calculs, la physique a ses loix ;
Enfin, qui me dira que votre astronomie
Brillera plus un jour que vieille astrologie !
Lalande aura le sort du grand *Nostradamus*,
Il deviendra fameux comme *Atlas* et *Belus*,
Ou sera mis peut-être au nombre des *Arabes* :
Du grand savoir antique il reste des syllabes ;
Ah ! du moins l'astrologue entretenant l'espoir,
A nos pénibles jours mêlait quelque beau soir ;
Il promettait grand âge, exempt de maladie,
Et sans *méridien* consolait notre vie.
Il osait se vanter d'avoir vu dans *Vénus*,
Par des bonnets fourrés, des turbans abattus ;
Il lisait clairement au disque de *Mercure*
D'un prince foudroyé l'imprudente aventure.
Il n'enrhumait personne ; et l'on devient perclus
A force d'observer la marche d'*Uranus*.

    La fureur de vouloir tout sonder, tout connaître,
A nourri cet orgueil qui fit parler le maître.
Voulez-vous de l'absurde ? on en a mis par-tout.
Allez, interrogez l'élève de *Bezout* :
Comme il faut maintenir la *puissance attractive*,
Dès qu'une pierre tombe on est sur le *qui vive*.

Les volcans de la lune ont vomi ce rocher ;
Un reste du chaos est venu nous chercher ;
C'est le léger débris de ces *anciens systêmes*
Où les rocs arrondis se fabriquaient d'eux-mêmes.
Vous ne me croyez pas ! lisez sur le papier
Ces *x x* redoublés, et puis osez nier.
Jamais entre nos mains le compas ne s'égare,
Il a réponse à tout et de tout il s'empare.
Où placez-vous sa pointe ? il serait curieux,
Quand vous centralisez, d'aveugler tous les yeux ;
Lorsque vous assignez une circonférence,
Tracez du moins là borne à mon intelligence.

Armé d'un quart de cercle, oh ! qui ne s'enfle pas,
Qui ne se croit vainqueur sur ce maigre échalas ?
Ainsi j'ai vu, montés sur de longues béquilles,
Des nains troublant l'écho de beaux vallons tranquilles,
Surmontant la hauteur des buissons épineux,
De leurs bonnets pointus croire atteindre les cieux....
Et toi qui n'aimes point ma franchise importune,
Pourquoi d'un seul côté voit-on toujours la lune ?
Il est malin, je vois, l'astre désespérant,
Et son caprice insulte à ton œil transcendant.
La comète en retard a manqué de parole,
Et telle étoile échappe à la docte bricole ;
Il paraît un globule, ô cieux, qu'il est petit !
D'un gros astre en travail sans doute il sort du lit.
Pour ce mince avorton, quoi ! dresser la pinnule !
Comment ! l'attraction mord cet animalcule,
Et pour se compromettre elle dicte ses loix.
Avec tous les géans il ferait contre-poids ;
C'est la boule échappée aux joueurs de *Saturne*
Lançant petits palets dans un débat nocturne :

Mais dans l'*Olympe* intrus , cet infime embrion
Mérite-t-il les frais de l'observation ?
C'est dans le firmament la modeste *province*
Qu'un potentat parrain eût donnée à tel prince (1).
Doutons : que le bon sens, ce guide non trompeur,
Dans l'art de raisonner soit notre conducteur.
Le papiste ! il adore un Pontife de Rome ;
Le joug du grand Newton est un joug qui m'assomme ;
J'ai pris l'heureux parti de ne plus épouser
Les dogmes d'un mortel qui pourrait s'abuser.
Je dis que le soleil roule autour de la terre.
A nos savans ligués je veux livrer la guerre ;
J'estime tout mérite, et je ne comprends pas
Les honneurs éclatans qu'on attache au compas.
Tout l'algèbre en travail , dans sa haute bravade,
N'a jamais dans nos champs fait croître une salade :
Voilà les cieux d'airain et les airs ensoufrés ;
Qui donnera l'espoir à nos prés altérés?
Quand par le prédicteur notre âme est abusée,
La voix d'un pâtre obscur fait tomber la rosée.
O science stérile, efforts ambitieux !
Quel fruit nous revient-il d'un desir curieux ?
Quand le bon jardinier fait fleurir la campagne,
Sans un vol élevé l'utile l'accompagne.
Végétaux nourriciers ! je nomme par leurs noms,
Mieux que tous les soleils, mes choux et mes oignons.
Sancho ! tu disais vrai ; l'âne et le philosophe ,
A l'égard de la faim , sont d'une même étoffe,

(1) Ces petites planètes , déjà au nombre de trois ou quatre , ne laissent pas que d'embarrasser les Géomètres uniquement calculateurs.

'Aux lois de la nature également soumis.

Le ventre est le plus grand de tous nos ennemis.
Lorsque l'été s'enfuit, que l'automne s'envole
Et que le seul hyver s'arrête et nous désole;
Dis moi donc, consultant ton énorme *miroir*,
Ce que je dois planter dans mon humble terroir?
Algébriste hautain dans tes *anomalies*,
Calcule les degrés de tes vaines folies:
Tu veux peser les corps de ce vaste univers!
Il est bien moins distrait celui qui fait des vers,
Qui me peint du soleil la pompe étincelante:
Oui, la nature est belle alors que je la chante!
De *Saturne* et d'*Herschel*, les rouages lointains
Pourront bien étonner, non charmer les humains.
Lorsque je vois des cieux la robe lumineuse,
Mon esprit ne sait rien, mais mon ame est heureuse.
Je contemple en extase; et le sage ignorant
Que peut-il envier au superbe savant?
Mais non, puisqu'il le faut, descendons dans l'arène,
Moquons-nous des chiffreurs, brisons leur porcelaine.
O des célestes corps bizarres mouvemens,
Quand l'univers est simple et se montre au bon sens.
Qui donc a pu créer ce chaos algébrique?
Système ruineux, Symbole despotique,
Dans des signes abstraits qu'a-t-il imaginé?
Sous le règne des tems un globe *Mariné*,
L'*attraction* (1) des corps, leur vagabonde course,
Le soleil rôtisseur s'éteignant devant l'Ourse:

_____

(1) On s'est moqué des Théologiens, les Géomètres newtoniens ne
sont par moins ridicules.

De notre terre enfin tous les sauts périlleux,
Et des astres errans les bonds capricieux....
Mais je ris quand j'entends que le roi des planètes
Conserve sa substance en mangeant des comètes,
Et j'en rirai long-tems ; car l'illustre *Buffon*
N'a fait que répéter ce grand fou de *Newton*.
   Celui qui de l'iris comprend le mécanisme,
Celui dont l'œil expert sait se passer du prisme,
Est le seul, à mon sens, qui puisse concevoir
Le grand point sans lequel il n'est point de savoir,
Où s'éteint pour notre œil toute clarté céleste :
Sans cela tout système est un babil funeste,
Un conte de *peau d'âne* : or, tous nos grands enfans
Pour tous ces rêves creux vont faire les méchans.
Dans leur grimoire obscur, intolérans pontifes,
Sur moi, sage douteur, ils alongent leurs griffes.
Mécanique céleste (1) ! ô magnifique Nain,
Connais-tu la serrure, et la clef et la main ?
Tous ces ressorts cachés à notre intelligence
Placent l'adorateur plus haut que la science ;
L'adorateur muet qui, dans ce grand aspect,
A brisé son compas, terrassé de respect.
L'homme est l'enfant du ciel ; quand il vit sur la terre,
En roulant sous la main du maître du tonnerre,
La *terre* au premier rang voit l'ensemble des cieux,
Accomplir *pour lui seul* son cours religieux.
Ingénieux miroirs qui faites notre vue,
A l'art qui vous plaça la vision est due !
La nature a poli ces verres transparens
Imprimant aux objets des rayons différens :

_____

(1) Titre d'un livre plaisant. Où es-tu, *Rabelais ?*

D'eux seuls vous dépendez, illusions d'optique,
Rien n'est grand ni petit sous un regard unique ;
Et l'univers peut-être, en sa vaste splendeur,
Moins gros qu'un éteuf, roule ès mains du Créateur.
   Osez donc nous parler d'*infaillibles méthodes*,
Et puis pindariser comme des *faiseurs d'odes ;*
Dépensez l'océan de vos signes divers,
Des *infinis-déluge* inondez l'univers,
Incertains fondemens de la géométrie,
Sous un œil sage et pur vous tombez en carie !

SATIRE II.

UNE erreur qui triomphe en fait adopter mille ;
Et l'imposteur alors, courbant l'homme imbécile ,
Lui fera sous le joug de sa crédulité
Dévorer tout mensonge et toute absurdité.
Amis, n'en doutons plus, oui, les mathématiques
Enfantent de nos jours cerveaux paralytiques.
Tout l'esprit s'y dessèche ; et ce lourd instrument
Veut usurper l'Autel du tendre sentiment.
Sans doute , je le sais, *tout est poids et mesure ;*
Mais on ne pèse point l'ame de la nature :
Il est une science ouverte aux opprimés ,
Où l'on voit d'autant plus que les yeux sont fermés.
Le cœur qui n'aima point fut le premier Athée :
Voilà mon vers heureux ; qu'une plume éventée
Ne m'enregistre plus (1) parmi ces insensés
A leur propre bonheur tristement opposés,
Qui rejetant de Dieu les bontés paternelles,
Vont chercher de la mort les ombres éternelles,
Tandis que le rayon de la Divinité
Est un germe de vie et de félicité.
Principe animateur, adorable puissance ,
Grand Dieu ! je tiens de toi ma faible intelligence.
Ces pâles écrivains armés contre les cieux ,
Leurs blasphêmes impurs ne sont pas même d'eux.
L'impiété compile ; et l'*Encyclopédie*
N'est qu'un écho roulant d'une voix plus hardie.

---

(1) On m'a mis fort injustement dans le *Dictionnaire des athées.*

Les dieux formant *Rousseau* dirent entre eux, tonnons :
Quand ils firent le scribe, ils se dirent *Neigeons ;*
Neigeons (1), de *Diderot* portant la souquenille,
Et marmotant *Bacon*, se croit de la famille.
Voyez ses *almanachs*, il y loge des vers ;
Lisez ses longs extraits, il prône des travers ;
Mariant sous sa plume et le cèdre et l'hysope,
Il noircit du papier à confondre l'Europe.
Ecartons ce tambour.... (2) A compter d'aujourd'hui,
Gardons-nous d'épouser les mensonges d'autrui.
On ne craint plus l'aspect des astres maléfiques,
Le monde est délivré de ses terreurs paniques ;
L'astronome sournois, au moins tous les vingt ans,
De la comète en feu menace les mamans ;
Et le jeune garçon ou la fille tremblante
Devant cet almanach pâlit et s'épouvante.
Le flux et le reflux du liquide élément,
C'est la *Lune* qui fait le grand balancement.
Eh bien ! c'est elle encore qui *nous jette des pierres ;*
Pour l'honneur de *Newton* croyez à ces chimères !
Il vous dira bientôt la *nature* du feu :
C'est l'*ange* reflétant la *majesté de dieu.*
Les anges sont jaloux de Newton, dit *Voltaire* (3) ;
Des sottises d'éclat tu fus grand tributaire,
O léger *Arrouet ;* tenant trompette en main,
D'une brillante erreur tu te faisais parrain ;

---

(1) Le personnage ne méritait qu'un calembourg.

(2) Il fait incessamment la *mouche du coche.*

(3) C'est cet illustre étourdi qui a trompetté les faux systèmes de *Newton et de Locke*, et sans trop les comprendre.

Et les poisons de *Locke* , et ses mornes ouvrages,
Pour ton cerveau débile étaient l'*écrit* des sages.
Les fous sont triomphans : faut-il ployer sous eux ?
Ils vous donnent les noms qu'ils méritent le mieux.
Des tourbillons français le destructeur célèbre
L'extirpateur du *plein*, le maître de l'algèbre
M'a dit que sur la foi de *romans* mal forgés,
Le siècle s'enivrait des plus sots préjugés ;
Que les *Cartésiens* n'avaient dit que fadaises;
Mais que l'on pouvait croire avec ses hypothèses.
Ce ne fut que de loin, que d'un œil curieux,
Je contemplai le front de ce maître des cieux.
Je le vis en sa gloire, et le conseil des sages
Déjà m'avait promis les plus hauts avantages.
En gravitant vers lui, mon cœur irrésolu
Ne goûta plus les loix du monarque absolu.
Je lui baisai les pieds sans le croire infaillible.
  Aujourd'hui mon esprit le trouve très-risible :
Aujourd'hui, par prudence ou par timidité,
De ces noms trop fameux je hais l'autorité.
Quand d'un Dieu créateur l'univers fait l'éloge,
Il est un horloger, je l'apprends de l'horloge :
Les êtres sont créés, donc ils ont un auteur !
Pourraient-ils subsister sans un conservateur ?
Mais de ces vastes cieux qui nous dira l'ensemble ?
  Quand ma propre raison ne veut pas que je tremble,
Bravons la vanité de tous nos grands visirs,
Et montons, s'il le faut, au rang de leurs martyrs.
Or j'ai bien deviné, quand sur l'avis que j'ouvre
On sonna le tocsin sous les voûtes du *Louvre*.
  Devais-je aux préjugés combattus tant de fois,
De l'auguste nature immoler tous les droits,

Quand l'évidence est là ? Le monde est ma patrie ;
Si *mons* chiffreur ricane, il perdra la partie (1).
Des grandes nations les liens merveilleux
Et du mal et du bien les nœuds mystérieux,
Des états policés la puissance affermie,
Du monde politique attestent l'harmonie ;
Le ciel est plus paisible en son immensité ;
Là jamais aucun corps d'un autre n'est heurté ;
Méprisons tout accent de jongleur fatidique ;
Ne voyons dans les cieux qu'un ordre pacifique.
Car tout nage en silence, et ces nombreux accords,
Loin de nos yeux mortels ont leurs secrets rapports.
Mais dans ces profondeurs un jour toute élancée,
Souveraine des tems, vivra notre pensée.
C'est alors que plongés dans les enchantemens,
Et passant de la joie aux purs ravissemens,
Nous nous rappellerons le roman de la vie,
Et dans ses hauts efforts le néant du génie.
   L'esprit est éclairé de trop foible lueur,
Au bout de ce long tube il atteint, quoi ? l'erreur.
O mortel curieux ! le pied dans la poussière,
Qui t'a dit d'embrasser l'espace et lumière ?
Naguères tu mangeais le gland de tes forêts ;
Si tu veux t'élever par de nouveaux progrès,
D'un jugement plus sain préviens tes propres chutes,
Et du sommet des cieux les plaisantes culbutes.
D'un univers détruit les fragmens dispersés,
Tombant sur notre globe en cailloux entassés ;
Voilà d'un newtonien un conte plein d'adresse.
Mais qui croira cela dans une humble simplesse ?

-----

(1) Rions de la risée.

Les rieurs sont nombreux ; dans nos joyeux repas
Un respect éternel ne se commande pas ;
Attirez fortement l'empereur de la lune,
Le systême triomphe, et vous faites fortune !

D'un esprit inventif je ne suis point doué,
Et pour bien des raisons le ciel en soit loué !
Toutefois, cher lecteur, le desir d'être utile,
Desir si naturel, quoique rare mobile,
A su dans mon cerveau faire éclore un projet
Digne de tous les gens vieillis au cabinet (1).

L'orgueil, en s'emparant de cervelles gâtées,
Produit en tous pays nombre de faux athées,
Gens qu'on voit imiter cet empereur romain
Qui marquait pour le ciel un mépris souverain.
Entendait-il rouler un seul coup de tonnerre ?
Le contempteur des Dieux, le maître de la terre,
Se cachait sous son lit, où le faquin peureux
Sans doute à Jupiter faisait tout bas des vœux.

Ignorons sans rougir l'essence de notre âme,
Pourvu que son auteur tôt ou tard la réclame :
Ne soyons point pour elle à tort embarrassés ;
Puisqu'elle est immortelle, on la connaît assez.

Et comment accorder que l'*uranométrie*
Soit l'objet le plus haut de la Philosophie ?
Mesurer tous les cieux, c'est beaucoup ; on fait plus,
Lorsque l'on fait aimer et règner les vertus.
Des chimères sans nombre, et de larges fantômes
Sont les divinités d'un peuple d'astronomes.
Et lorsque dans le vide ils se sont fourvoyés,
Pour prix du grand *mensonge* ils sont bien soudoyés.

_(1) Il s'agit du livre que je compte publier contre notre systême astronomique.

Ces scrutateurs du ciel, l'odeur d'une curée,
Les arrache soudain de la voûte azurée.
Tels ces oiseaux si fiers, descendent sur mon bras
Pour y prendre humblement le plus mince repas.
On réserve sur-tout des cadeaux magnifiques
Pour ceux qui s'embrouillant dans les mathématiques,
Aux triangles liés avec d'énormes frais,
Qu'ils soient faux ou trompeurs, ne renoncent jamais.

   Vous montez dans l'abîme, et votre œil n'y voit goutte;
De tous les cieux mouvans là vous marquez la route;
L'algèbre explique tout : mais si je comprends bien,
Vous êtes deux fois deux pour ce rare entretien.

   Idiôme sacré ! mystérieux *Arcane* !
Si l'on n'est de la secte, on n'est qu'un vil profane;
Plongez-vous tout entier au manoir ténébreux;
C'est dans l'épaisse nuit qu'on devient lumineux.
A vous seuls appartient cet inconnu langage,
A vous seuls appartient un éternel hommage;
Tous les célestes corps ne font point un seul pas
Et n'osent point bouger, si vous ne parlez pas.
Profanes à genoux ! je prédis une éclipse;
A nos puissans décrets appartient toute ellipse;
Et je voudrais bien voir *Saturne* ou *Jupiter*
Désobéir aux lois transmises par *Kepler*.
Les *constellations*, je les ai dans ma poche;
Le globe de la *terre* est toujours à la *broche* :
Sous les feux du soleil, ce beau *dindon* rôti (1),
D'un si large bienfait, n'est pas seul investi.

   Tournez également, succulentes planètes !
Vous garnirez un jour les divines assiettes

(1) J'ai mis en vers mon *expression* répandue dans tous les journaux, et qui a fait fortune.

Où dans sa cour pompeuse un soleil immortel
Rajeunira *le tout* dans son cours éternel.
Cela peut tenir lieu de *sagesse infinie,*
D'un Dieu dispensateur de la mort, de la vie.
Chaque atome est vivant; le *chiffre* est un pouvoir,
Ne croire qu'en *algèbre* est le plus saint devoir.

    Qu'ont fait les nouveaux poids, les nouvelles *mesures?*
A tous nos bons vieillards apporter des tortures.
Pour boire une *chopine,* auner un long ruban,
Ou réduire et changer les heures d'un cadran,
L'arc du *méridien* était-il nécessaire?
On peut très-bien auner sans mesurer la terre;
Et si ce haut *calcul* n'est point exempt d'erreur,
Briser longue habitude est mauvaise rigueur.

    Délire des humains dans une académie!
Dès qu'ils sont rassemblés, leur tête est rétrécie;
C'est *Montesquieu* qui parle; il devait le savoir:
Il faut penser tout seul; pourquoi? pour mieux valoir.
Toi, qui du firmament prétends toucher le faîte,
Ardent calculateur, mets en repos ta tête:
La *terre* est immobile, et son ferme plancher
Chaque jour de son lieu ne va point dénicher;
Dans son doux mouvement, toujours majestueuse (1),
Un *Newton* sacrilége en fit une danseuse,
Saltimbanque tournant sur ses pieds, sur ses mains;
L'on te fit cet outrage, ô mère des humains!
O ma tendre nourrice, ô pudique *Cybelle!*
Mais cette erreur d'un jour serait-elle éternelle?

---

(1) La terre tourne sur son centre et non sur son axe; ajoutez-y
un mouvement oscillatoire, et tout s'explique.

Non : Pardonne aux *Jeaurat* (1) ; vois tes autres enfans
Honorer ta pudeur et rire des savans.
Oui, bientôt sur les tours de notre Observatoire
On gravera ces mots, *le plaisant attrapoire.*
Bizarre *Copernic*, quand tu fondais l'erreur,
Songeais-tu qu'à coup sûr il viendrait un moqueur,
Qui croyant ce qu'il voit, n'appelle point Planette
Le corps qu'il ne voit point au bout de sa lunette ?
Or, comment distinguer notre propre maison,
En détailler la forme, en borner l'horizon ?
La voyons-nous flotter dans notre espace immense ?
Ah ! mortel, reconnais la plus vuide science ;
C'est celle qui t'abuse, et dont les calculs faux
De la saine physique ont éteint les flambeaux.
    Tu calcules sans cesse, et content de toi-même
Ne crains-tu pas l'affront qu'essuya *Nicodéme ?*
Jeune et présomptueux, il disait aux savans
La *cause*, les *effets*, la *nature* des vents ;
Il vouloit pénétrer secrets impénétrables,
L'auteur divin d'un mot frappa tous ses semblables.
Nicodèmes du jour, de vos mains couronné
Peut-être que *Newton* se verra détrôné !
Si de l'esprit humain vous consultez l'histoire,
Astronomes nouveaux, tremblez pour votre gloire !
Vous parlez du *soleil* (2) comme je puis parler
De ce fruit arrondi que je viens de peler :
Doutons, car c'est ainsi qu'on s'épargne à soi-même
La honte et la douleur de changer de système.

---

(1) Doyen des Astronomes, décédé depuis peu.
(2) Qu'est-ce que le soleil ? ce qu'il y a là-dessus de plus inepte,
de plus faux, de plus absurde en tout point, a été avancé, par qui ?,
par des *académiciens.*

Gardons-nous de placer les probabilités,
Filles de l'ignorance, au rang des vérités.
Et pourquoi dans *Newton* chercher toujours un *maître* ?
Je suis républicain, et dans tout je veux l'être.
Je conviens qu'il est beau de voir les cieux ouverts,
Dans son étroit compas d'enfermer l'univers ;
Mais pour savoir tracer le plan d'un corps céleste,
Il faut, quoiqu'*algébriste*, être calme ou modeste.
Eh ! quel est donc l'orgueil de ces fiers matadors ?
Ils affirment, je doute ; ils veillent quand je dors.

Le seul point non douteux pour tout être qui pense,
C'est sur ces grands objets notre antique ignorance ;
Il s'agit d'être heureux, et non d'être savant.
Goujat mort en sait plus qu'un Institut vivant (1).

O beau jour de ma mort, heure pleine de gloire !
Fier géomètre, à bas ! j'ai connu ma victoire.
J'ai plané sur vous tous.... soleil de vérité,
Tu luis sur les confins de l'Immortalité.
Nous rêvons ici bas dans un étrange *monde*,
Mais dont la source pure ici même est féconde.
Mourir (2) ! je ne meurs point ; le Dieu qui m'a formé,
M'a dit ; oui, pour toujours de mon souffle animé,
Tu vivras ! grand espoir, je t'aspire avec joie !
Ne trouble point l'extase où mon ame se noie !
Incrédule glacé, va chercher tes tombeaux.
C'est-là qu'il croit cacher, sous des forfaits nouveaux,
Tous les forfaits anciens dont il craint la mémoire.
On ne brave pas Dieu comme on brave l'histoire.
Tacite a commencé de châtier *Néron* ;
Pour l'ennemi de l'homme il n'est point de pardon.

_____

(1) Lecteurs ! remarquez le grand sens de ce vers.
(2) Quel est le synonyme de *mourir* ? *déménager.*

Oui, toujours au-dessus du destin qui l'accable,
Le mortel courageux, paisible, inébranlable,
Doit souffrir sans se plaindre, et croire qu'il est né
Pour bien représenter un sage infortuné.
Enfin à quelque point que le sort nous opprime,
Des races à venir ménageons-nous l'estime ;
Qu'importe après cela que le juste abattu
Rencontre rarement le prix de sa vertu ?
Nous saurons tous, un jour, pourquoi la providence
De monstres vicieux toléra l'insolence.
Dans les siècles futurs, ces masques disparus,
S'ils flétrissent l'histoire, au moins n'existent plus.
De tes grandeurs, pillard, voyons quel est le terme :
Un pompeux mausolée avec les vers t'enferme ;
Mais l'œil du sage instruit, mettant tout de niveau,
Ne voit que la *bonté* par-delà le tombeau.....
Oh ! nous le savons trop, pour brusquer la fortune
L'orgueil d'un vrai farceur est la route commune.
Je te rends grace, ô ciel ! dont l'utile bonté
M'inspira l'heureux goût de la simplicité,
Et qui daignant former mon ame en sa naissance,
Y grava pour attrait la mâle indépendance.
Tu me fis, à l'aspect de ces altiers savans,
Ressentir cet effroi qu'on a pour les tyrans.
Tu versas dans mon sein le mépris des richesses,
L'horreur de tout mensonge et l'horreur des bassesses.
Dans mes libres pensers, j'ai trouvé le bonheur,
Mes plaisirs sont l'étude, et mes biens sont l'honneur.
  Il faut, pour concevoir le repos de tel sage,
Faire de son métier le noble apprentissage.
Ce fut pour *Alexandre* un spectacle nouveau,
Qu'un roi plus grand que lui, logé dans un tonneau.

Hippocrate alla voir le rieur *Démocrite*,
Et lui dit : *ah ! c'est moi qui fais folle visite,*
Il n'est point de grimaud qui, pour bonnes raisons,
Ne loge son voisin aux Petites-Maisons.
Que me fait après tout en quelle classe étrange,
Par orgueil, par sottise un feuilliste me range ;
Tel passe, dans le coin d'un démeublé salon,
Sans huître les hivers, les étés sans melon,
Et dédaignant sur-tout le concert des louanges,
Qui vit de sa pensée, ainsi que font les anges ;
Qui foule sous ses pieds le poison des chagrins,
Et gagne tout procès contre les médecins.
Si dans un corps né sain, mon ame est ferme et grande,
C'est le plus grand trésor qu'au ciel ma voix demande.
De bulle académique ayant quelque pitié,
Sur mon jugement seul je repose appuyé.....
Newton ! quand par tes loix la terre est égarée,
Je te vois choir bientôt du haut de l'empyrée :
Ton nom mystifiant ce crédule univers,
Fuit comme un météore éclatant dans les airs.
Adieu, grand charlatan de la voûte étoilée,
Adieu ; laissons *Momus* orner ton mausolée,
L'avenir rira bien du sublime docteur,
Et la raison humaine aura vu son vengeur (1).

_____

(1) Pour mettre de côté l'action du Créateur sur les planètes et les comètes qui ont chacune leur marche particulière, mais toujours dérivant de la seule volonté du Créateur (autrement tous ces grands corps se seraient échappés de leurs orbites, et après avoir décrit une longue parabole relative à leur impulsion, ils tomberaient par une perpendiculaire dans les abîmes incommensurables qui sont au-delà des sphères des étoiles les plus éloignées, douées elles-mêmes d'un mouvement régulier qui a son principe dans la volonté du Créateur qui parle, et tout se fait comme il l'a conçu) ; pour se soustraire, dis-je, à cette vérité primitive, les Astronomes ont appliqué au mou-

vement des corps planétaires leurs forces centripètes et centrifuges, et la gravitation respective de toutes les parties du rouage.

Si la rotation du soleil autour de son axe dans le système de Copernic influait sur le mouvement et la position des corps planétaires, les plus gros seraient les moins éloignés du centre, et les plus petits les moins voisins; et à la longue, ils seraient reculés dans des distances incommensurables par une loi du mouvement plus certaine que toutes celles que les géomètres ont imaginées.

Qu'au milieu d'un bassin il y ait un grand corps doué d'un mouvement de rotation autour de son axe, tous les corps ambians relativement à leurs masses serout repoussés vers la circonférence qui seule les fixera; et si, comme dans l'immensité des cieux, il n'y avait point de circonférence fixe, les corps seroient poussés sans repos dans l'immensité de l'espace : cela est évident et n'a pas besoin de preuves : très-certainement notre terre n'a d'autre mouvement que celui de sa rotation journalière autour de son centre, comme l'a démontré Tycho-Brahé.

C'est donc le soleil qui, étant créé pour éclairer les corps opaques qui roulent dans l'immensité et parcourent l'écliptique, la parcourt avec eux; si cela n'était pas ainsi, nous changerions tous les jours de point vertical; or, tous les jours aux mêmes heures, les mêmes étoiles passent à notre zénith, tandis que le soleil s'en éloigne ou s'en rapproche : donc la terre ne change pas de position et se trouve toujours dans la même distance des deux pôles du *monde*, au lieu que *Copernic* l'en approche et l'en éloigne seulement de 60 millions de lieues; ce qui devrait nécessairement changer tous les aspects, en faisant changer de point vertical; au reste, ceci n'est que la centième partie des solides objections que l'on peut faire à ce pompeux et absurde système *newtonien*. On dirait que les Astronomes ne nous étourdissent sur le mécanisme de l'univers avec leurs prétendues loix du mouvement, que pour nous éloigner de la cause première créatrice, conservatrice et directrice de tout ce qui se passe dans l'immense fluide où nous nageons : la réfutation de la chronologie de *Newton* a été faite complètement il y a 60 ans par *Freret*; il faut prouver que ce commentateur de l'*Apocalypse* a rêvé *astronomiquement*.

F I N.

EXTRAIT du Catalogue du Cit. TERRELONGE, Libraire, rue des Petits-Augustins, n° 19, près le Musée national.

Livres de fonds, ou en grand nombre.

Fables d'Yriarthé, texte et traduction, 1 vol. *in*-12. 1 l. 10 s.
Voyage à Montbar, an 9, 1 vol. *in*-8. . . . . 1 l. 10 s.
Code Pénal Maritime, *in*-18. . . . . 1 l. 15 s.
Code des Prises (nouveau), 4 vol. *in* 8. . . . . 24 l.
   Le même, 2 vol. *in*-4. . . . . 33 l.
Formation mécanique des Langues, par le président de
   Brosses, an 9, 2 vol. *in*-12, avec neuf planches . . . 10 l.
   Le même, papier vélin, cartonné. . . . . 25 l.

Livres d'assortiment.

Abrégé de la Grammaire française par Wailly, 1 vol. *in*-12.
   . . . . 1 l. 5 s.
——————— par Restaut. . . . . 1 l. 5 s.
——————— des Traités de paix, par Kauch, 4 vol. *in*-8. 14 l.
——————— de l'Histoire ancienne et romaine de Rollin, par
   Talhié, nouvelle édition, 10 vol. *in*-12. . . . . 20 l.
Académie des Jeux, 3 vol. *in*-12. . . . . 7 l. 10 s.
Adélaïde de Clarence, 2 vol. *in*-8. . . . . 5 l. 10 s.
An inquiry in to the nature and causes of the wealth of nations
   by Adam Smith, 4 vol. *in*-8. 1801. . . . . 15 l.
Apperçu des Mœurs et des Opinions dans la république fran-
   çaise, par miss Villiams. *Paris*, 1801, 1 vol. *in*-8. . . 4 l.
Barême, 1788, 1 vol. *in*-12. . . . . 1 l. 10 s.
Cabinet des Fées, 41 vol. *in*-12. fig. . . . . 70 l.
Connaissance de la Mythologie, 1 vol. *in*-12. . . . . 1 l. 10 s.
Cours de Mathématiques de Bezout, à l'usage de l'Artillerie
   et de la Marine, 5 vol. *in*-8. . . . . 18 l.
Dictionnaire de l'Académie, cinquième édit. 2 v. *in*-4. 50 l.
——————— critique de la Langue française, par Féraud, 3 v.
   in-4. . . . . 36 l.
——————— Allemand-Français de Laveaux, 4 v. *in*-8. *Berlin*,
   1798. . . . . 22 l.
——————— (nouveau) Français-Espagnol et Latin, par So-
   brino. *Lyon*, 1791, 2 vol. *in*-4. . . . . 20 l.
Dictionarium latino-gallicum a Joanne Boudot. *Brux.* 1785,
   1 vol. *in*-8. . . . . 5 l.
Discours sur les Gouvernemens, par Sidney, 3 v. *in*-8. 9 l.
Droit des Gens, par Watel, 3 vol. *in*-12. . . . . . . 7 l. 10 s.
Elémens d'Hygiène, par Tourtelle, sec. édit. 2 v. *in* 8. 10 l.
Encyclopédie, première édition, 35 vol. *in-fol.* rel. en veau,
   très-belles épreuves . . . . 600 l.
Essai sur l'art d'observer, par Senebier. 3 v. *in*-8. . . . 10 l.
Géographie moderne, par Nicole de Lacroix, précédée d'un
   Traité de la Sphère, et terminée par la division de la
   France en préfectures, &c. 2 gr. vol. *in*-8. *Paris*, an 8. 10 l.
Géographie (Leçons de), ancienne et moderne, par Oster-
   vald, 2 vol. *in*-8. . . . . 7 l.
Grammaire française, par Wailly, *in*-12. . . . . 2 l.
——————— de Restaut, 1 vol. *in*-12. . . . . 2 l.

On trouve chez le même Libraire, un grand nombre de Livres grecs et latins des meilleures dates.

Il se charge de toutes Commissions relatives à la Librairie.

www.ingramcontent.com/pod-product-compliance
Lightning Source LLC
Chambersburg PA
CBHW061732180626
46818CB00006B/2570